PETIT PRINCE POUF

ISBN 978-2-211-06685-3
© 2002, l'école des loisirs, Paris
Loi numéro 49 956 du 16 juillet 1949 sur les publications
destinées à la jeunesse : mars 2002
Dépôt légal : juillet 2009
Imprimé en France par Jean Lamour à Maxéville

Agnès Desarthe

PETIT PRINCE POUF

Dessins de Claude Ponti

l'école des loisirs
11, rue de Sèvres, Paris 6e

Il était une fois…

... un pays où l'on ne donnait pas les noms à la légère.

11

La formule de baptême était, toutefois, simple et rapide : on regardait l'enfant nouveau-né et, d'un ton plus ou moins solennel, on déclarait : « Il a une tête à s'appeler Paulette, Jérémie, ou Camille. »

Le roi et la reine de ce territoire eurent un jour un fils et, quand ils virent son visage, et son corps aussi, ils n'eurent pas le choix ; le seul nom qui leur vint à l'esprit fut Pouf.

Ils étaient un peu ennuyés, car ce n'était pas un bon nom de prince, ni même un bon nom d'enfant, mais, rien à faire, le prince avait une tête à s'appeler Pouf.

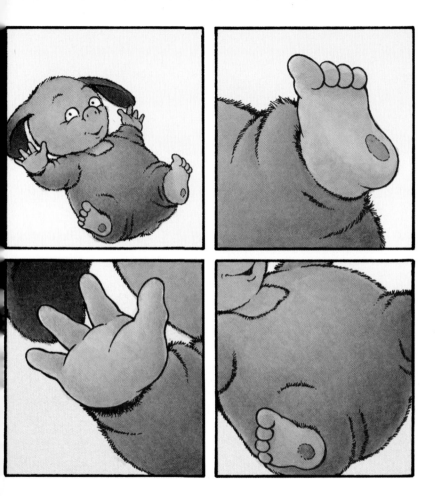

Petit Prince Pouf était extrêmement mignon : une tête toute ronde, un ventre tout rond, des mains et des pieds tout ronds.

Il était aussi extrêmement intelligent, si bien que lorsqu'il eut deux ans, le roi et la reine, ses parents, décidèrent qu'il était temps de commencer son éducation. Un beau matin le roi dit : « Mettons-le à l'école. »

Mais la reine lui répondit : « Petit Prince Pouf ne peut pas aller à l'école. Il a un nom trop ridicule. Tous les enfants se moqueraient de lui. »

Le roi sut qu'elle avait raison. Il pensa un instant changer le prénom de son fils. Après tout, il était roi et avait tous les droits ; mais non, rien à faire, son fils avait vraiment une tête à s'appeler Pouf.

Alors il réfléchit et se dit qu'un précepteur, un professeur particulier, pourrait faire l'affaire. La reine fut conquise par cette idée.

« Oui », dit-elle, « un précepteur, c'est parfait ! Et c'est tellement plus chic que l'école. »

Il ne leur restait plus qu'à trouver le meilleur professeur du monde, un instituteur spécialisé dans la formation des jeunes princes, et capable d'en faire d'excellents rois. Afin de sélectionner le candidat idéal, ils écrivirent à tous les rois et toutes les reines du monde : « Nous cherchons un précepteur pour notre fils », disait la lettre. « Pourriez-vous nous indiquer le nom du meilleur selon vous ? »

Ils reçurent des centaines de réponses et, bien souvent, le même nom revenait : Monsieur Ku. Il avait éduqué le roi de Chapoulie-Orientale et l'impératrice de l'île des Vouâtres. Son palmarès était impressionnant.

Le roi et la reine étaient presque décidés à le faire venir, lorsque Bougris, leur grand chambellan, fit une grimace : « Drôle de nom pour un grand professeur, vous ne trouvez pas ? »

La reine rougit. Le roi fit les gros yeux, mais ils ne répliquèrent rien car, sans se l'avouer, ils craignaient tous deux leur grand chambellan.

Bougris était sinistre et sérieux. De plus, il était jaloux et aurait bien aimé gouverner à la place du roi. Le roi et la reine, bien que se taisant, surent ne pas l'écouter. Ils firent appeler Monsieur Ku, qui arriva au château quelques jours plus tard.

Petit Prince Pouf était impatient de rencontrer son maître. Il avait très envie d'apprendre pour devenir un bon roi comme son père. Lorsque Monsieur Ku entra dans sa chambre, qui servait de salle de classe, Petit Prince Pouf lui fit un grand sourire puis s'inclina respectueusement.

« Bonjour, Petit Prince Pouf. Je suis ton maître d'école. Je m'appelle Monsieur Ku. » « Enchanté », dit Petit Prince Pouf.

« C'est étrange », dit Monsieur Ku, « tu es le premier enfant que je rencontre à ne pas éclater de rire en entendant mon nom. »

« Oh, vous savez », dit le prince, « quand on s'appelle Pouf… »

À cet instant, Monsieur Ku comprit qu'il avait face à lui un élève exceptionnel, le meilleur qu'il aurait sans doute jamais, et il en eut les larmes aux yeux.

« Commençons tout de suite, si tu veux bien », dit-il.
Petit Prince Pouf était prêt. Il fit signe à ses parents et à Bougris de quitter sa chambre. Il voulait être seul pour son premier jour d'école.

« Aujourd'hui c'est notre jour numéro un », dit Monsieur Ku. « Tu as deux ans et demain ce sera notre jour numéro deux. Je te propose donc, pour cette première leçon, d'apprendre à compter jusqu'à deux. »

Pour Petit Prince Pouf, qui n'était encore qu'un bébé, cela semblait trè
Monsieur Ku réussit à lui faire comprend

fficile. Mais, à force de patience et d'exemples, d'exemples et d'exercices,
ıe un et un font deux.

Le soir venu, le roi, la reine et Bougris se rendirent dans la chambre du prince pour demander comment s'était passée la journée.

« Bien », dit Monsieur Ku. « Petit Prince Pouf est un excellent élève. »

« Parfaitement bien », ajouta le prince. « Monsieur Ku est un grand professeur. Il m'a appris à compter jusqu'à deux ! »
Le roi et la reine ouvrirent des yeux comme des roues de carrosse.

Bougris se contenta de ricaner. Lorsqu'ils eurent quitté la pièce, le grand chambellan s'écria : « Si ça c'est le meilleur précepteur du monde, je suis un porc-épic à poil mou. Ce Monsieur Ku se moque de vous. Ce n'est pas en sachant compter jusqu'à deux que le prince deviendra un grand roi. »

Le roi et la reine étaient perplexes. Un et un font deux, ça n'était peut-être qu'un début, et leur fils avait l'air si content.

« Laissons-lui une deuxième chance », décidèrent-ils.

Le lendemain, Monsieur Ku entra dans la chambre du prince et déclar

« Deux ! » répondit Petit Prince Pouf. L'élève et le maître

Aujourd'hui, deuxième jour. Leçon numéro deux, car un et un font… »
regardèrent, satisfaits l'un de l'autre. Ils s'aimaient déjà beaucoup.

« Pour cette deuxième leçon, je te propose d'apprendre à faire des boudins en pâte à modeler. »

« Ça a l'air si difficile. Je n'y arriverai jamais », dit Petit Prince Pouf, parce qu'il était modeste, mais aussi parce qu'il n'était encore, ne l'oublions pas, qu'un bébé.

« Je t'accorde que ce n'est pas facile facile, mais tu es très doué et je crois qu'en une journée tu pourras y arriver. Regarde, tu prends un morceau de pâte, tu le roules entre tes mains pour le réchauffer et en faire une boule bien lisse. Puis tu poses la boule sur la table et, du plat de la paume, tu la fais rouler en appuyant légèrement, jusqu'à ce qu'elle ait une forme de boudin. »

Tout en parlant, Monsieur Ku pétrissait la pâte et faisait jaillir de ses doigts des dizaines de boudins de toutes les couleurs.

Petit Prince Pouf essaya à son tour. Au début, ses boudins avaient l'air de carottes ou de patates. Mais il s'exerça encore et, grâce aux conseils de Monsieur Ku, réussit, en fin d'après-midi,

à faire un magnifique boudin, absolument boudiné, comme ne savent en fabriquer que les spécialistes de pâte à modeler.

« Bien », dit Monsieur Ku. « Voilà un boudin tout à fait satisfaisant. À présent, fais-en un autre et dis-moi ce que tu observes. »

Petit Prince Pouf obéit et observa. Il se gratta la tête, le menton, leva les yeux au ciel.

« Révision de la leçon d'hier », dit Monsieur Ku pour l'aider à trouver.
« Ça y est, je sais ! » s'écria Petit Prince Pouf. « Un boudin et un boudin
font deux boudins. »

Monsieur Ku le serra dans ses bras.

« Tu seras un grand roi », lui dit-il.

À cet instant, le père et la mère du futur grand roi, accompagnés de Bougris, le chambellan, entrèrent dans la pièce. Avant même qu'ils aient eu le temps de demander des nouvelles de la journée, Petit Prince Pouf s'écria :

« J'ai appris à faire des boudins ! Des boudins en pâte à modeler. J'en ai fait deux, car un et un font deux. »

Le roi et la reine quittèrent la chambre sans un mot. Ils étaient horrifiés.

«Je vous avais prévenus», leur dit Bougris. «Ce Monsieur Ku est un charlatan qui prend le prince pour un enfant ordinaire. Renvoyez-le tant qu'il est encore temps.»

Le roi hésitait. Il n'avait jamais vu Petit Prince Pouf si heureux.

Quant à la reine, elle dit d'une voix hésitante: «Chez l'empereur, mon père, nous avions un proverbe: *jamais deux sans trois*. Et c'est pourquoi j'aimerais que nous accordions une troisième chance à notre nouveau précepteur.»

Bougris était furieux mais ne laissa rien paraître.

Le roi dit: «Bonne idée, ma reine. Car figurez-vous que chez mon père, qui était lui aussi empereur comme chacun sait, nous avions le même proverbe.»

C'est ainsi que Monsieur Ku fut autorisé à revenir une troisième fois.

45

« Oh, bonjour, Monsieur Ku », dit Petit Prince Pouf en voyant arriver son professeur. « J'ai à peine dormi cette nuit. J'étais si impatient de découvrir ce qu'on apprendrait aujourd'hui. »

« Aujourd'hui tu vas apprendre qu'un chat est un chat. »

« Un chat est un chat », répéta Petit Prince Pouf. « D'accord. Mais qu'est-ce que ça veut dire ? »

« Décris-moi un chat, si tu veux bien. »

« Un chat a des oreilles pointues, un petit nez rose, quatre pattes, une longue queue, des moustaches, des poils et… et… »

« Je vais t'aider un peu », dit Monsieur Ku. « Que mange un chat ? »

« Des souris ! » répondit le prince.

« Quel bruit fait-il ? »

« Il fait miaou. »

« Parfait. Je crois que c'est suffisant. À présent, écoute-moi. Que dirais-tu d'un animal qui aurait des oreilles pointues, un petit nez rose, quatre pattes, une longue queue, qui mangerait des souris, mais qui ne ferait pas miaou ? »

« Je dirais que c'est un chat », répondit Pouf.

« Bien. Et que dirais-tu du même animal s'il ne mangeait pas de souris, mais... voyons voir... des vers de terre ? »

« Je dirais que c'est un chat. Un chat muet qui n'aime pas les souris. »

« Très bien, Pouf. Maintenant, regarde. »

Monsieur Ku dessina un chien et le montra du doigt.

« Si je te dis que cet animal fait miaou, que me réponds-tu ? »

« Que c'est un chien. Un chien un peu bizarre, mais un chien quand même. »

« Et pourquoi cela ? » demanda Monsieur Ku.

Petit Prince Pouf se gratta la tête, le menton, leva les yeux au ciel et s'écria : « Parce qu'un chat est un chat ! »

Monsieur Ku le prit dans ses bras, le fit voler dans les airs et embrassa son large front. Jamais, non, jamais il n'avait eu aussi brillant élève. Comme il leur restait beaucoup de temps, ils décidèrent de faire la fête avec un grand goûter et de la musique.

Lorsque le roi, la reine et Bougris entrèrent, ils trouvèrent Monsieur Ku et son élève tout rougeauds et suants, les habits couverts de miettes de gâteau.

« Qu'est-ce que c'est que ce chantier ? » hurla le roi.

« C'est parce que aujourd'hui mon maître m'a appris qu'un chat est un chat. »

La reine s'évanouit et fut aussitôt transportée au salon, où le roi et son chambellan la rejoignirent.

« Il faut à tout prix se débarrasser de cet imposteur », dit Bougris.

« Il va vous rendre votre enfant plus bête qu'il ne l'a pris. »

« On n'accuse pas sans preuve », dit le roi, qui repensait au visage rayonnant de son fils.

« C'est juste », dit la reine en reprenant ses esprits. « Rien n'est pire qu'un faux procès. Il faut trouver un moyen de s'assurer que Monsieur Ku est tout à fait incapable de mener à bien l'éducation d'un futur roi. »

« Je crois que j'ai une idée », dit Bougris en se frottant les mains.

« Quel est le talent le plus précieux pour un grand roi ? Vous le savez aussi bien que moi, c'est savoir réagir en temps de guerre. Allez vous cacher dans le placard du couloir. Je vais organiser une fausse guerre pendant la nuit, avec des explosions, du sang, des flammes. Je dirai au prince que vous êtes morts tous les deux et que c'est à lui de se débrouiller. On verra bien alors si ses leçons lui ont été profitables. »

Le roi et la reine jugèrent que le plan était bon. Petit Prince Pouf risquait de passer une mauvaise nuit, mais ils savaient, l'un comme l'autre, qu'un grand roi ne dort jamais sur ses deux oreilles.

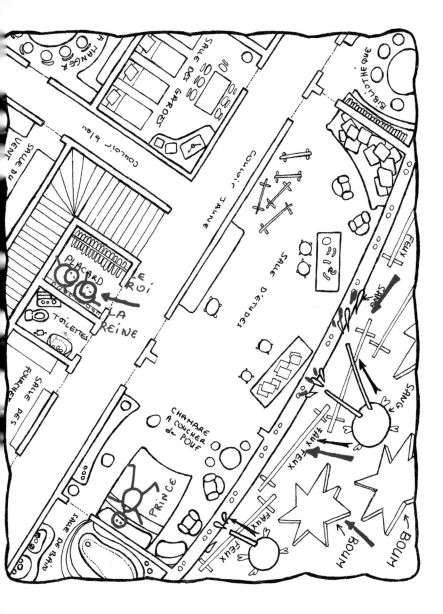

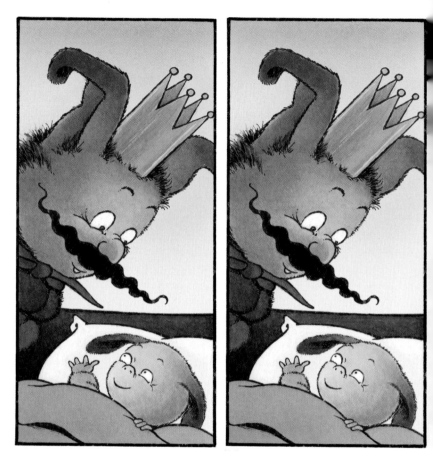

Lorsque le soleil fut couché, ils entrèrent dans la chambre de leur fils qui était déjà au lit.

« Bonne nuit, mon fils. Bonne nuit », dit le roi.

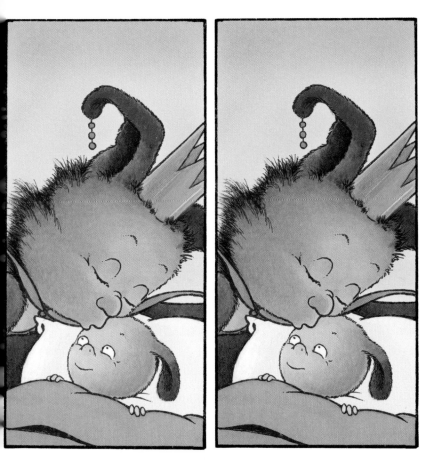

La reine se pencha pour déposer un baiser sur le front de son enfant ;
elle se redressa puis se pencha à nouveau et déposa un second baiser sur
la tête du prince. Après quoi, le roi et la reine allèrent se cacher dans le
placard du couloir.

Pendant ce temps, Bougris, certain que son plan allait fonctionner, avait renvoyé Monsieur Ku : « Le roi et la reine sont très déçus. Faites vos valises immédiatement et déguerpissez. »

Monsieur Ku obéit. Il n'avait pas le choix.

Ce soir-là, Petit Prince Pouf ne parvint pas à s'endormir. D'habitude, il sombrait dans le sommeil en un clin d'œil, mais quelque chose le tourmentait. Les autres soirs, son père lui disait seulement : « Bonne nuit, mon fils », puis il disparaissait. Cette fois, il avait dit : « Bonne nuit, mon fils. Bonne nuit. » Aussi sûr qu'un et un font deux, quelque chose ne tournait pas rond. Ce n'était pas tout : chaque soir, depuis qu'il était né, Petit Prince Pouf recevait avant de dormir un baiser de sa mère. Un seul baiser toujours, « pour l'endurcir », disait-elle.

« Car les bisous n'ont jamais fait un grand roi. » Ce soir pourtant, elle s'était penchée à nouveau. « Un baiser et un baiser, ça fait deux baisers », se répétait Petit Prince Pouf. « Il y a quelque chose de bizarre. »

Alors que Pouf venait enfin de s'endormir, Bougris débloula dans sa chambre : « Prince, Prince, réveillez-vous. C'est la guerre. Regardez par la fenêtre : les bombes, les incendies, le sang. Écoutez tous ces cris. »

Petit Prince Pouf s'approcha de la vitre. Il vit de la fumée, des jets de liquide rouge, il entendit des explosions et des hurlements.

« Il faut prévenir mes parents », dit le prince.

« Vos parents ont été tués par l'ennemi », dit Bougris. « Ils sont morts. »

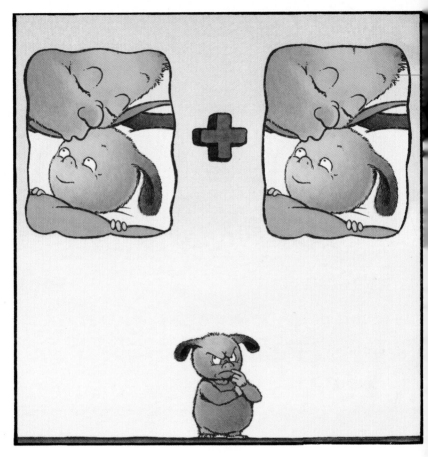

Petit Prince Pouf ne pleura pas. Il ne s'affola pas. Il pensait : un et un font deux, un *bonne nuit* et un *bonne nuit* font deux *bonne nuit*. Un baiser et un baiser font deux baisers. Quelque chose ne tourne pas rond.

Un enfant pleure quand ses parents meurent et moi, je ne pleure pas. Un enfant a peur quand c'est la guerre et moi, je suis très calme. Un chat est un chat. Un chat est un chat. Un chien n'est pas un chat, même s'il fait miaou et mange des souris. Un chien n'est pas un chat et… et…

« Ceci n'est pas une guerre ! » s'écria soudain le Prince Pou

On m'a menti. Où sont mes parents ? »

Le roi et la reine, qui avaient tout entendu, sortirent du placard pour le serrer dans leurs bras.

« Tu seras un grand roi », lui dirent-ils. « Quant à vous, Bougris, vous êtes un bon à rien, un jaloux. Disparaissez et ne revenez plus jamais. »

À quelques kilomètres de là, Monsieur Ku, sa valise à la mai
il se retourna vers le château. Il vit les flammes, la fumé

...archait sur un étroit chemin de terre. Alerté par le bruit,
...tendit les cris; mais son cœur demeurait calme.

« Petit Prince Pouf est déjà un grand roi », se dit-

il s'en sortira très bien sans moi. »

Et la joie d'avoir connu, ne fût-ce qu'une fois dans sa longue vie d

rofesseur, un élève aussi doué lui dura jusqu'à la fin de ses jours.

74

Les habitants du royaume, de leur côté, racontent encore aujourd'hui que leur prince devint le plus grand roi du monde grâce aux trois leçons de Monsieur Ku.

Un et un font deux lui avait permis de sentir que ses parents avaient peur pour lui ;

Un chat est un chat lui avait fait comprendre le piège tendu par l'infâme Bougris ;

« Et les boudins en pâte à modeler, à quoi ça servait alors ? »
demande parfois un enfant à qui on raconte cette histoire pour
la première fois.
Invariablement on lui répond : « Ça, personne ne l'a jamais su. »